U0165610

Easy to Learn
Chinese

漢字
300

習字本 1

楊琇惠——編著

五南圖書出版公司 印行

關於漢字300

藉著《漢字300》要再版的因緣來寫篇序文，想跟大家說說八年前（二○一五）編輯這套書的想法，希望對於和這套書相遇的師生能有所助益。

由於我自己一直都是第一線的華語教師，所以深知華語教學的甘苦。當初正因為想教學生書寫及辨認漢字，所以找遍了市面上漢字教學的書籍，參考了數本書之後，一直沒能找到合宜的練習本，因此方才動念自己來編教材。

然而，先前學生都是依著課文來認識漢字的，離了文本，要如何教學生？要如何透過漢字習字本來增加學生的識字量？且要如何才不會落於無趣或效果不彰？此等問題都要一一考量。思索再三，最後還是決定回到「部首」，因為以部首來歸類漢字的學習，不但能讓學生辨別漢字的「部件」，更可以藉由部首來記住文字的意思，一舉多得。

有了架構之後，又思及學生若一開始就以部首來識字，會覺得無聊，會記不住。所以，在編第一冊時，就先設計了讓同學以圈選的方式來認識部首，並以「分類」的方式來帶同學認識簡單且實用的漢字。如：數字、主要代詞、大自然、季節、天氣、方位等等。期望透

過同類別的日常用字來破冰，來讓外籍生覺得漢字是可親的。然後，在每個字的下面也都一一加上了「筆順」，好讓不熟悉漢字的學習者，可以經由一次次的練習來記住漢字的「書寫習慣」。最後，為了在每一個小單元後面都有個「小複習」，還特地和惠娟副總編商量，是否能加些趣味的小練習？副總編實在有心，她一想到此舉有益於學習者，二話不說，立即答應，即使畫插畫要增加成本，也在所不惜。在如此的用心之下，習字本㈠終於順利出版了，慶幸的是，也獲得了大家的肯定。

但在出第二到第四本時，我們卻遇到了瓶頸。因為單字要走深走廣，勢必要跨出日常用字，這樣就不好再以分類的方式來教學了。因此，只好回到原先構思的「部首」來編排單字的前後順序。然而，我們也知道，這樣個別單字的學習，學生必然會學得很零散，很難記住每一個字。為了解決這個問題，我們特地在每一個字下面，都放兩個「常用的詞語」，想說藉由常用詞可以讓學生學到「語用」。但後來發現，雖然如此用心，由於字與字之間沒有關聯，學生還是會出現學了就忘的問題。

其實，我原先最想做的是：在每一個單元或部首之後，都用學生

學到的新單字寫一段小文章來讓同學複習。因為單字的學習還是沒辦法獨立於文本，若離了文本，就成了字典，學生是無法有效學習的。但要在每個單元後面都要編寫一篇有意思的小文章一事，還真是不容易，甚是耗時，寫了幾篇之後，只好作罷。如今回首，雖然當初沒能達到這個理想，但就教學的理念上，這樣的設計是有利學習者的。因此，誠心建議，若老師選擇此習字本讓學生練習，可以考量讓學生以所學的單字練習寫短文，如此反覆練習、加以活用，才會讓學生記住所學到的漢字。當然，日後我若想到了更好的編寫方式，一定會將習字本改版，好利於想學好漢字的外籍生。

最後，想再次誠心感謝五南出版社以及惠娟副總編多年來無條件的支持！若沒有五南和副總編的信任與協助，我腦中的華語教材根本無法出現在大家眼前。因此，至誠感謝！未來，我希望能努力修正以往的缺失，更用心地來編寫更多更好的教材，以報五南知遇之恩，並為華語教學盡一點心力。

楊琇惠　於淨心書齋

二○二三年八月八日

目　錄

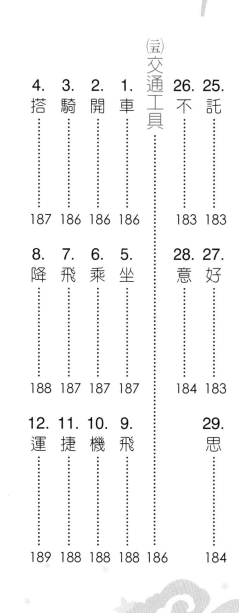

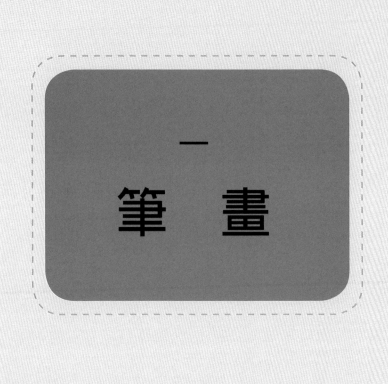

一
筆　畫

			筆畫 Stroke

撇 piě	豎 shù	橫 héng	名稱 Name
人 丿	中 丨	七 一	練習 Practice
月	上	工	

筆畫練習

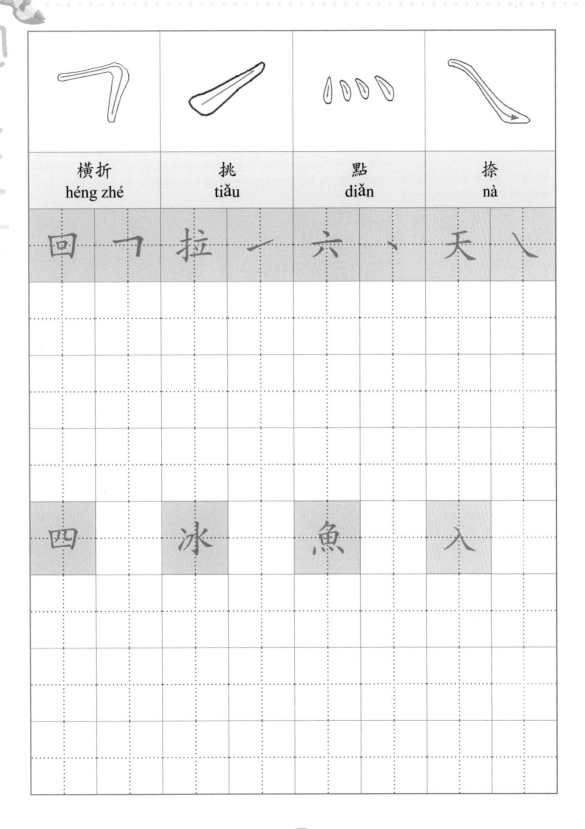

橫折 héng zhé	挑 tiǎu	點 diǎn	捺 nà
回 フ 拉	一 六 丶	天 乀	

四　　　　冰　　　　魚　　　　入

彎鈎 wān gōu	斜鈎 xié gōu	橫鈎 héng gōu	橫撇 héng piě
狄 ㇆	曳 ㇂	欠 一	之 ㇇
豕	我	你	夕

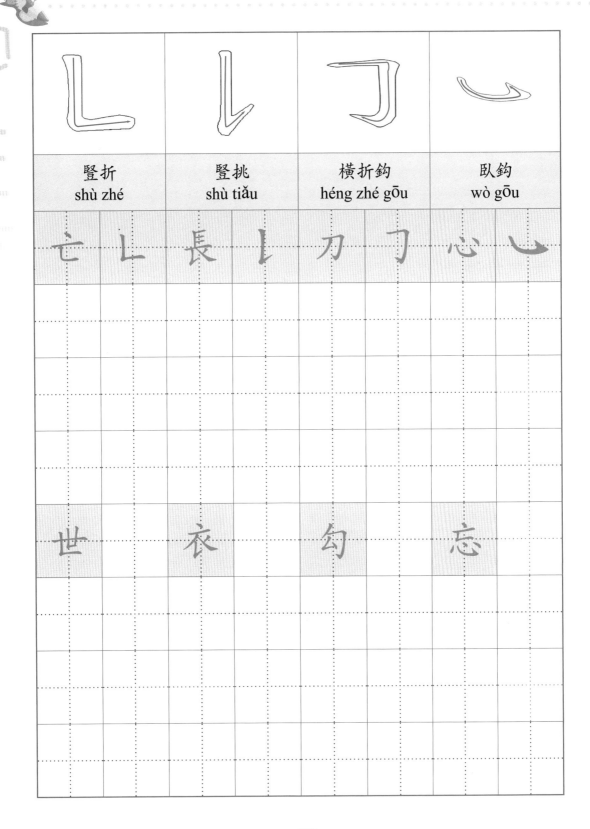

豎折 shù zhé	豎挑 shù tiǎu	橫折鉤 héng zhé gōu	臥鉤 wò gōu
亡 乚 L 長	L レ	刀 刁	心 乚
世	衣	勾	忘

く	ㄥ	ㄥ	亅
撇頓點 piě dūn diǎn	撇挑 piě tiǎo	豎曲鈎 shù qū gōu	豎鈎 shù gōu

女	く	去	ㄥ	巳	ㄥ	丁	亅

巡		私		毛		于	

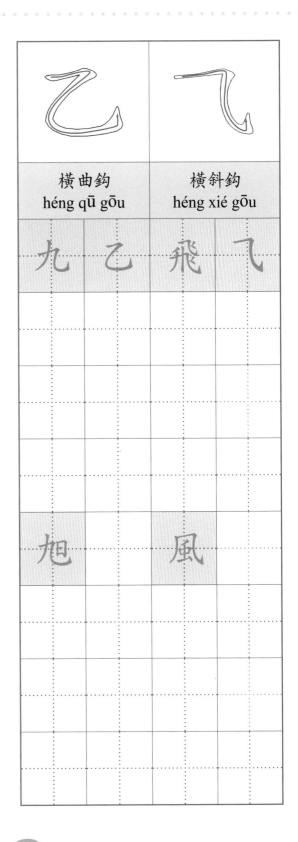

橫曲鈎 héng qū gōu		橫斜鈎 héng xié gōu	
九	乙	飛	乀
旭		風	

二

認識部首

刀 dāo	勹 bāo	冫 pīng	人 rén	一 yī	部首 Radicals
knife	encompass	ice	person; human	one	意義 Meanings
刀 / 刂	勹	冫	人	一	字型 Forms
刃分刊利剪劈	勻勾勿包匈匆	冬冰冷凋凍凝	仁今他仄例個	丁七下不丕丘	例字 Examples

大 dà	夕 xì	土 tǔ	囗 wéi	口 kǒu	部首 Radicals
big	evening; dusk	soil; earth	surround	mouth; opening	意義 Meanings
大	夕	土	囗	口	字型 Forms
天夫夾奇套奠	外夜夠夥夢夙	地在坐坦堯堡	囚回困圍圓圖	可古只吊吏呶	例字 Examples

Please fill up the table with the given Chinese characters according to their radical.

世、券、凌、件、刑 划、冶、列、冽、付 匐、准、三、匀、丢 匐、切、上、代、勿 包、凍、且、以、仍

刀	勹	冫	人	一
dāo	bāo	pīng	rén	yī

Please fill up the table with the given Chinese characters according to their radical.

叭、奔、夢、奉、多
坪、台、國、城、失
夙、四、司、史、夥
固、夠、圈、坍、圍
另、夸、均、坎、央

大	夕	土	囗	口
dà	xì	tǔ	wéi	kǒu

尸 shī	子 zǐ	彳 chì	宀 mián	女 nǚ	部首 Radicals
lying body	child	step w/left foot	house	female	意義 Meanings
尸	子	彳	宀	女	字型 Forms
尺居屋展層尼	字季孩學孺孝	得往征很後徐	安家實寫完宙	好奶妻姐娶妝	例字 Examples

心 xīn	夊 yǐn	广 yǎn	工 gōng	山 shān	部首 Radicals
heart	stride	shelter	work	mountain	意義 Meanings
心 / 忄 / 小	夊	广	工	山	字型 Forms
必忙怪忘恭愛	廷延建	床底庭座廳庫	巨巧左巫差工	岔島岩崩巒岸	例字 Examples

Please fill up the table with the given Chinese characters according to their radical.

孔、局、微、宅、妄

如、曾、屈、佛、它

學、尾、宋、存、待

定、妒、孤、守、妙

彼、屏、孟、妹、彷

尸	子	彳	宀	女
shī	zǐ	chì	mián	nǚ

Please fill up the table with the given Chinese characters according to their radical.

怕、麻、廷、嵐、廟
巨、巧、峭、忍、庶
差、延、志、左、度
快、廣、崑、巫、崗
峽、建、忠

心	彐	广	工	山
xīn	yǐn	yǎn	gōng	shān

攴 pū	斤 jīn	手 shǒu	戶 hù	戈 gē	部首 Radicals
hit	ax	hand	door plank	weapon	意義 Meanings
攴／攵	斤	手／扌	戶	戈	字型 Forms
收改攻放故數	斤斧斬斯新斷	打拿接掌搬搶	房所扁扇扉戾	戍戎我或戰戲	例字 Examples

气 qì	木 mù	月 yuè	日 rì	曰 yuē	部首 Radicals
gas	wood	moon	sun	speech	意義 Meanings
气	木	月	日	曰	字型 Forms
氣氧氫氚氛氮	本末材李果村	有服朋望期朝	早明春星昨晴	曲更書曾替會	例字 Examples

Please fill up the table with the given Chinese characters according to their radical.

扒、房、斧、斷、拿
戾、新、拉、截、政
成、扈、改、職、扎
扇、攻、斬、扔、敲
裁、所、栽、收、斯

攴	斤	手	戶	戈
pū	jīn	shǒu	hù	gē

Please fill up the table with the given Chinese characters according to their radical.

氙、時、未、朝、氧
才、曹、曳、易、曾
氰、期、旭、氣、昏
氯、朧、更、林、旱
朦、杜、替、朗、朵

气	木	月	日	曰
qì	mù	yuè	rì	yuē

疒 chuáng	犬 quǎn	牛 niú	火 huǒ	水 shuǐ	部首 Radicals
disease	dog	cow; ox; cattle	fire	water	意義 Meanings
疒	犬 / 犭	牛 / 牛	火 / 灬	水 / 氵	字型 Forms
疼病痛癢癒痴	犯狀猜獻獵狼	牢物牽特牡犀	爲灰然烤煮炒	永求河油泉灣	例字 Examples

石 shí	目 mù	皿 mǐn	田 tián	歹 dǎi	部首 Radicals
stone	eye	shallow container	field	bad; wicked; evil	意義 Meanings
石	目 / 罒	皿	田	歹	字型 Forms
破硬碗研碧磨	看直眼眾相睿	盆盃盜盤盡盛	由男留畫略當	死殊殘殲殖殮	例字 Examples

019

Please fill up the table with the given Chinese characters according to their radical.

疤、牡、猛、汐、牧
汁、災、疲、熟、江
熱、疹、灸、犁、瘋
炸、狗、汞、特、汆
狙、牠、狂、疾、狄

疒	犬	牛	火	水
chuáng	quǎn	niú	huǒ	shuǐ

Please fill up the table with the given Chinese characters according to their radical.

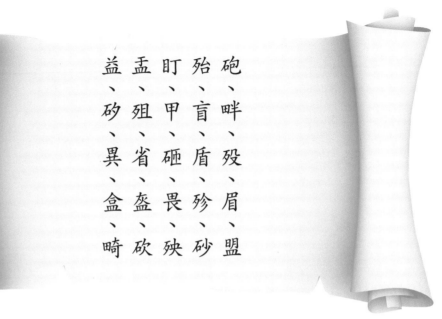

益、矽、異、盒、畸
盂、俎、省、盔、砍
盯、甲、砸、畏、殃
殆、盲、盾、殄、砂
砲、畔、殳、眉、盟

石	目	皿	田	歹
shí	mù	mǐn	tián	dǎi

					部首 Radicals
米 mǐ	玉 yù	穴 xiè	禾 hé	示 shì	
rice	jade	cave	crop	sign	意義 Meanings
米	玉／王	穴	禾	示／礻	字型 Forms
粉粒粗粥粟糖	玩球現瑩壁琴	空穿突窩究窮	秋秀穌穀積穩	社票福禁禮祝	例字 Examples

					部首 Radicals
肉 ròu	羽 yǔ	羊 yáng	缶 fǒu	糸 mì	
flesh; meat	feather	Goat; sheep	pottery	thread	意義 Meanings
肉／月	羽	羊／⺶	缶	糸／糹	字型 Forms
育胖胃肚能腳	翅習翠翻翁翔	美羞善群羨羚	缸缺罐罈罄缽	紅紙素累結繫	例字 Examples

Please fill up the table with the given Chinese characters according to their radical.

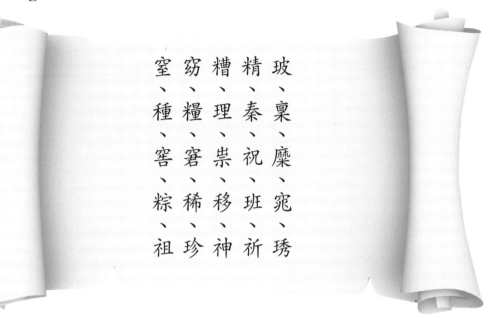

窒、種、窖、粽、祖　窈、糧、窨、稀、珍　糟、理、崇、移、神　精、秦、祝、班、祈　玻、稟、麋、窕、琇

米	玉	穴	禾	示
mǐ	yù	xiè	hé	shì

Please fill up the table with the given Chinese characters according to their radical.

翌、缺、罌、素、義　羿、羞、糾、翎、紀　純、肺、翰、腐、肖　善、約、肥、美、缸　背、罈、羹、翩、鏊

肉	羽	羊	缶	糸
ròu	yǔ	yáng	fǒu	mì

虫 huǐ	衣 yī	艸 cǎo	竹 zhú	臼 jiù	部首 Radicals
small animal	cloth	grass	bamboo	mortar; head	意義 Meanings
虫	衤／衣	艹	竹／竻	臼／臼	字型 Forms
蛇蜂蟲蟹蠻蛙	被表裝裙衰補	花草葉茶苦蓋	第笑等筆節筷	舅與興舉舊舀	例字 Examples

豸 zhì	豕 shǐ	言 yán	見 jiàn	行 xíng	部首 Radicals
reptile	pig	words	to see	go; behavior	意義 Meanings
豸	豕	言	見	行	字型 Forms
貓貌貍豹豺貂	豚象豪豬豫豢	記詞話譽變警	規視親觀覺覽	衍術街衝衛衡	例字 Examples

Please fill up the table with the given Chinese characters according to their radical.

符、舉、舀、初、蚊
虹、興、芒、答、衫
裂、茄、等、答、舅
蚣、裝、艾、與、竿
芭、蚌、莫、蛋、笨

虫	衣	艸	竹	臼
huǐ	yī	cǎo	zhú	jiù

Please fill up the table with the given Chinese characters according to their radical.

豢、規、觥、豫、豹、

豪、託、衛、貓、覷、街、

許、術、豬、訪、觀、貘、

行、視、象、象、貂、衝

豸	豕	言	見	行
zhì	shǐ	yán	jiàn	xíng

辵 chuò	車 chē	足 zú	走 zǒu	貝 bèi	部首 Radicals
walk(ing); motion	car	foot	walk	shell	意義 Meanings
辶	車	足	走	貝	字型 Forms
迎送追這連進	軍輛載輸輩輪	跑跟跳路踩跌	趟起越	責貪貴購賺贏	例字 Examples

門 mén	雨 yǔ	金 jīn	酉 yǒu	邑 yì	部首 Radicals
door (way); gate	rain	metal; gold	unitary	state	意義 Meanings
門	雨	金	酉	阝（右right）	字型 Forms
開間閉關閱	雪雲雷需靈露	針錯銜鑒鐵錢	酒配酸醬醜醫	那部鄉都郵郊	例字 Examples

Please fill up the table with the given Chinese characters according to their radical.

財、巡、赴、軸、迄

超、跟、軌、跪、述

趙、趁、迅、貢、軋

跌、貫、軒、貞、軟

跛、負、近、趴、赴

辵	車	足	走	貝
chuò	chē	zú	zǒu	bèi

Please fill up the table with the given Chinese characters according to their radical.

電、邦、酪、釜、霉
閒、釘、需、邪、酥
閏、邵、酗、閃、酷
邸、釣、靈、開、電
鈴、郎、釦、酣、間

門	雨	金	酉	邑
mén	yǔ	jīn	yǒu	yì

風 fēng	頁 yè	音 yīn	隹 zhuī	阜 fù	部首 Radicals
wind	head	music	short-tailed bird	mound	意義 Meanings
風	頁	音	隹	阝 （左left）	字型 Forms
颯颱颶颺飄颺	頂須顯類顆頭	章竟韶韻響音	隻雀雁雅難雇	阿院陪陸陰除	例字 Examples

鳥 niǎo	魚 yú	髟 biāo	馬 mǎ	食 shí	部首 Radicals
bird	fish	hair	horse	food	意義 Meanings
鳥	魚	髟	馬	食	字型 Forms
鳳鴨鶯鵝鷹鴻	魯鮮鯊鰻鯨魷	髮鬆鬍鬚鬢影	馮馭駛駕騰驀	飢飽餐飯餅餓	例字 Examples

Please fill up the table with the given Chinese characters according to their radical.

韶、準、章、預、頑 順、陷、颯、雅、音 颶、雄、阡、頌、陳 附、集、颱、響、項 飄、防、雕、竟、颺

風	頁	音	隹	阜
fēng	yè	yīn	zhuī	fù

Please fill up the table with the given Chinese characters according to their radical.

鮭、鵲、鱒、鴉、飯
驅、鮪、鰲、鯉、鴿
駝、飼、馳、鰭、鶴
餅、鬍、駐、飢、鬚
駁、鳴、髭、飲、髮

鳥	魚	髟	馬	食
niǎo	yú	biāo	mǎ	shí

三

國字練習

兩	二		一	
liǎng	èr		yì	yī
two	two		one	
兩國 liǎng guó two countries	兩次 liǎng cì twice	第二 dì èr second	二月 èr yuè February	一杯 yì bēi a cup of	一個 yí ge a; an

兩
兩 一 一 一 冂 兩 兩 兩

二

一

兩 二 一

單元一

數字

六	五	四	三
liù	wǔ	sì	sān
six	five	four	three

六月 liù yuè June	六箱 liù xiāng six boxes	五塊 wǔ kuài five dollar	五月 wǔyuè May	四處 sìchù every where	四季 sìjì four seasons	三倍 sān bèi triple	三顆 sān kē three (fruits)
、 ㄧ 六 六		一 丁 五 五		ㄧ 冂 冂 四 四		一 二 三	
六		五		四		三	

十	九	八	七
shí	jiǔ	bā	qī
Ten	nine	eight	seven

十枝筆 shí zhī bǐ ten pens	十月 shí yuè October	九樓 jiǔ lóu ninth floor	九月 jiǔ yuè September	八樓 bā lóu eighth floor	八層 bā céng eight levels	七瓶 qī pín seven bottles	七週 qī zhōu seven weeks
一 十		ノ 九		ノ 八		一 七	

十	九	八	七

萬	千	百	零
wàn	qiān	bǎi	líng
ten thousand, a great number	thousand	hundred	zero

三萬 sān wàn 30 thousand	萬分 wàn fēn very much	幾千 jǐ qiān several thousand	千年 qiān nián mille-nnium	百合 bǎi hé lily	百倍 bǎi bèi hundred-fold	零錢 líng qián change (money)	零元 líng yuán zero dollar

萬 苢 苢 苩 萭 萬 萬	丶 十 艹 艹 节 节	一 二 千		一 丆 丆 万 百 百		零	雨 雨 雨 雯 雯 零	一 广 广 币 雨

萬		千		百		零	

單元一

數字連連看

單元二一

主要代詞

我		您		你	
wǒ		nín		nǐ	
I ; me		you (formal)		you	
我們 wǒ men we; us	我的 wǒ de my; mine	您們 nín men you (plural)	您好 nín hǎo hello (formal)	你好 nǐ hǎo hello	迷你 mí nǐ mini
我 ｜ 二 千 手 扎 我		您 你 你 您 您 ﾉ イ イ 仁 你 仔		你 ﾉ イ 仁 你 你	
我		您		你	

誰	們		它		他	
shéi	men		tā		tā	
who	plural marker for pronouns		it (used for things)		he ; him	
你是誰？ nǐ shì shuí Who are you?	人們 rén men people	你們 nǐ men you (plural)	它們 tā men they (for inanimate objects)	其它 qí tā other	他們 tā men they	吉他 jí tā guitar

誰	們	它	他
誒 言 丶 誰 訁 亠 誰 訁 亠 　 訁 亠 　 訁 亠 　 言 亠	伊 丿 們 亻 們 亻 們 们 　 们 　 伊	丶 宀 宀 宀 它	丿 亻 仲 他

誰	們	它	他

那	這
nà	zhè
that ; those	this

那麼 nà me so much	那裡 nà lǐ there	這裡 zhè lǐ here	這個 zhè ge this
那 丁 刁 刁 尹 尹 那		言 言 言 言 這 丶 亠 亠 言 言 言	
那		這	

金	地		天	
jīn	de	dì	tiān	
money ; gold	(subor. part. adverbial); -ly	ground	day ; sky	
金色 jīn sè golden color	快樂地 kuài lè de happily	地板 dì bǎn floor	天空 tiān kōng sky	春天 chūn tiān spring season
獎金 jiǎng jīn bonus				

單元二

自然

金
金
ノ 人 人 へ 今 牟 余

一 十 圡 圠 地 地

一 二 チ 天

金	地	天

水	果	林	木
shuǐ	guǒ	lín	mù
water	fruit ; result	woods ; forest	tree ; wood

汽水 qì shuǐ soda ; pop	水果 shuǐ guǒ fruit	如果 rú guǒ if	果皮 guǒ pí fruit's peel	林地 lín dì woodland	雨林 yǔ lín rainforest	樹木 shù mù trees	木材 mù cái wood

風		雨		海		河	
fēng		yǔ		hǎi		hé	
wind		rain		ocean ; sea		river	
風格 fēng gé style	風力 fēng lì wind power	雨傘 yǔ sǎn umbrella	下雨 xià yǔ raining	大海 dà hǎi sea	海岸 hǎi àn coast	冰河 bīng hé glacier	河流 hé liú river
風 風 風	ㄣ 几 凡 凡 凮 風	雨 雨	一 一 丆 币 雨 雨	海 海 海 海	丶 冫 氵 汁 汋	河 河	丶 冫 氵 沪 沪
	風		雨		海		河

光	火	電	雷
guāng	huǒ	diàn	léi
light	fire	electricity	thunder

眼光 yǎn guāng vision	光亮 guāng liàng bright	失火 shī huǒ catch fire	火車 huǒ chē train	閃電 shǎn diàn lightning	電池 diàn chí battery	地雷 dì léi landmine	雷聲 léi shēng thunder

丨 丨 丨 业 光 光		丶 丷 少 火		電 雷 雷 雷 雷 雷	一 一 一 干 干 雷	雷 雷 雷 雷 雷 雷	一 一 一 干 干 雷
	光		火		電		雷

日	山	石	土
rì	shān	dàn　shí	tǔ
day ; sun ; date	mountain	10 pecks　rock	earth ; dust

日出 rì chū sunrise	假日 jià rì holiday	山谷 shān gǔ valley	火山 huǒ shān volcano	石像 shí xiàng stone statue	石頭 shí tou stone	泥土 ní tǔ soil	土地 tǔ dì land
丨 冂 月 日		丨 凵 山		一 丆 不 石		一 十 土	

日		山		石		土	

氣	明	星	月
qì	míng	xīng	yuè
gas ; air	clear ; bright	star	moon ; month

氣球 qì qiú balloon	生氣 shēng qì angry	聰明 cōng míng bright; smart	明年 míng nián next year	火星 huǒ xīng Mars	星光 xīng guāg twilight	十月 shí yuè October	月亮 yuè liàng moon
氖 氚 氣 氣	ノ ノ ケ 气 气 气	明 明	丨 冂 月 日 日 明	昆 星 星	丶 冂 日 曰 尸 昆		丿 刀 月 月
	氣		明		星		月

單元三

看圖連連看

| 山 | 木 | 土 | 日 | 水 |

單元四

季節

秋		夏		春	
qiū		xià		chūn	
autumn		summer		spring	
秋季 qiū jì autumn season	秋天 qiū tiān autumn	夏天 xià tiān summer	夏季 xià jì summer season	春節 chūn jié Spring Festival (Chinese New Year)	春季 chūn jì spring season
禾 秋 禾 秋 秋	一 二 千 千 禾 禾	一 一 百 一 百 一 頁 一 夏	一 百 百 夏 夏	春 春 春	一 二 三 夫 夫 夫
	秋		夏		春

冬	
dōng	
winter	
冬眠 dōng mián hiberna- tion	冬季 dōng jì winter
ノ ク 冬 冬 冬	
冬	

單元四

一年四季

春

夏

秋

冬

陰		雨		晴	
yīn		yǔ		qíng	
cloudy		rain		clear ; fine (weather)	
陰影 yīn yǐng shadow	陰天 yīn tiān cloudy day	雨衣 yǔ yī raincoat	下雨 xià yǔ raining	晴天 qíng tiān sunny day	晴朗 qíng lǎng sunny

陰 / 陰 / 陰 / 陰 / 陰

雨 / 雨

晴 / 晴 / 晴 / 晴 / 晴

單元五

天氣

虹	霧	雲	雪
hóng	wù	yún	xuě
rainbow	fog ; mist	cloud	snow

彩虹 cǎi hóng rainbow	煙霧 yān wù smoke	薄霧 bó wù mist ; haze	雲層 yún céng cloud layers	烏雲 wū yún black clouds	雪白 xuě bái white as snow	下雪 xià xuě snowing

虫 虹 虹 ㇀ 冂 口 中 虫 虫	霧 霧 霧 霧 霧 霧 霧 霧 霧 霧 霧 霧 ㇀ 宀 雨 雨 雨 雨	雲 雲 雲 雲 雲 ㇀ 宀 雨 雨 雨 雨	雪 雪 雪 雪 雪 ㇀ 宀 雨 雨 雨

	虹	霧	雲	雪

凍	涼	冰	冷
dòng	liáng	bīng	lěng
to freeze	cool ; cold	ice	cold

果凍 guǒ dòng jelly	冰凍 bīng dòng freeze	涼快 liáng kuài pleasantly cool	涼水 liáng shuǐ cool water	冰棒 bīng bàng ice pop	冰塊 bīng kuài ice cube	寒冷 hán lěng cold; frigid	冷氣 lěng qì air conditioning
洰冲凍凍 、冫冫冫洰洰		泸泸涼涼涼 、冫冫冫洰洰		、冫冫冰冰 、冫冫冰冰		冷 、冫冫冫冷冷	
凍		涼		冰		冷	

乾	熱	暖	溫
gān	rè	nuǎn	wēn
dry	hot	warm	warm

乾淨 gān jìng clean	餅乾 bǐng gān biscuit	熱狗 rè gǒu hot dog	熱鬧 rè nào lively	溫暖 wēn nuǎn warm	暖和 nuǎn huo nice and warm	溫習 wēn xí to review	溫度 wēn dù temperature

乾	熱	暖	溫

濕
shī
moist ; wet

濕度 shī dù humidity level	潮濕 cháo shī damp ; moist

濕 氵 、
濕 氵 ㇒
濕 氵 氵
濕 氵 氵
濕 氵 氵
  濕 氵

	濕

單元五

天氣預報站

霧

晴

雪

熱

虹

左		下		上	
zuǒ		xià		shàng	
left		under		up	
向左 xiàng zuǒ leftwards	左邊 zuǒ biān left	樓下 lóu xià downstairs	下次 xià cì next time	樓上 lóu shàng upstairs	上次 shàng cì last time
一 ナ 大 た 左		一 丁 下		丨 卜 上	
左		下		上	

單元六

方位

東	後	前	右
dōng	hòu	qián	yòu
east	back	before	right (-hand)

房東 fáng dōng landlord	東部 dōng bù east side	後門 hòu mén back door	以後 yǐ hòu after	前面 qián miàn front	以前 yǐ qián before	左右 zuǒ yòu around	右手 yòu shǒu right hand
車 東	一 一 一 一 百 百 車	後 後 後	丿 彳 彳 彳 彳 彳	肯 肯 前	丶 丷 丷 丷 丷 肯	一 ナ ナ 右	一 ナ 大 右 右

東		後		前		右	

中		北		南		西	
zhòng	Zhōng	běi		nán		xī	
hit; on point	middle	North		south		west	
擊中 jí zhòng to hit (a target)	中間 zhōng jiān in between; middle	北極 běi jí North Pole	台北 tái běi Taipei City	南美 nán měi South America	南方 nán fāng south side	西瓜 xī guā water-melon	東西 dōng xi thing
丶 丨 口 中		一 十 土 北		南 南 南	一 十 内 内 内	一 冂 西 西	一 冂 西 西
中		北		南		西	

裡		外		內	
lǐ		wài		nèi	
inside		external		inside	
手裡 shǒu lǐ in hands	裡面 lǐ miàn inside	戶外 hù wài outdoor	外行 wài háng amateur	室內 shì nèi indoor	內行 nèi háng expert

裡：初 初 祠 袒 裡 裡 ／ ㇀ ㇋ ㇏ ㇏ ㇏

外：／ ク タ 夕 外

內：｜ 冂 冂 內

| 裡 | | 外 | | 內 | |

單元六

大家來找碴

南

北

台

外

方

向

戶

左

中

間

小		中		大	
xiǎo		zhòng	zhōng	dài	dà
small		hit (the mark)	middle	doctor	big
小朋友 xiǎo péng yǒu child	矮小 ǎixiǎo short and small	中等 zhōng děng mid level	中間 zhōng jiān in between	大夫 dài fū doctor	大雨 dà yǔ heavy rain
	亅 小 小		丶 口 口 中		一 ナ 大
	小	中		大	

單元七 形容

低	高	少	多
dī	gāo	shào　shǎo	duō
low	high; tall	young　few; little	many; much

低廉 dī lián cheap	低地 dī dì lowland	高原 gāo yuán plateau	高大 dāo dà tall; lofty	少年 shào nián juvenile	減少 jiǎn shǎo decrease	多大 duō dà how big; how old	多次 duō cì many times
低 ノ 亻 仁 任 低		高 高 高 高 、 一 亠 亠 声 高		小 一 亅 小 少		多 多 多 ノ ク タ 夕 多	
	低	高		少		多	

長		瘦		胖		矮	
zhǎng	cháng	shòu		pàng		ǎi	
chief	long	thin		fat		short	
班長 bān zhǎng class leader	長城 cháng chéng the Great Wall	瘦子 shòu zi thin person	瘦弱 shòu ruò emaciated	胖子 pàng zi fat perso	肥胖 féi pàng fat	矮小 ǎi xiǎo undersized	矮人 ǎi rén dwarf
長 長	｜ ｒ Ｆ Ｆ ΕΕ 長	瘤 瘦 瘦	疒 疒 疒 疒 疒 疒	、 亠 广 广 广 广	肝 肝 胖	丿 刀 月 月 月 月ˊ	矮	矢ˊ 矢ㄅ 矢 矮 矮	丿 二 上 午 矢 矢

	長		瘦	胖			矮

直	圓	方	短
zhí	yuán	fāng	duǎn
straight; vertical	circle; round	square	lack; short

一直 yì zhí con- tinuously	筆直 bǐ zhí perfectly straight	半圓 bàn yuán semicircle	圓球 yuán qiú round ball	方面 fāng miàn aspect	方向 fāng xiàng direction	短褲 duǎn kù shorts	短期 duǎn qí short term
直 直	一 十 十 古 古 直	圓	冂 冂 冂 冃 冐 圓 圓	﹁ 冂 冂 冃 冐 圓	丶 亠 宁 方	知 知 知 知 知 短	丿 上 午 矢 矢

	直		圓		方		短

軟	硬	重		輕
ruǎn	yìng	zhòng	chóng	qīng
soft; flexible	hard; firm	heavy; serious	to repeat; again	light; gentle; soft

| 變軟 biàn ruǎn soften | 柔軟 ruó ruǎn soft and flexible | 硬幣 yìng bì coin | 堅硬 jiān yìng hard; solid | 重量 zhòng liàng weight | 重新 chóng xīn once more | 輕快 qīng kuài brisk; agile | 減輕 jiǎn qīng lighten up (weight) |

軟　硬　重　輕

快	弱	強	柔
kuài	ruò	qiáng	róu
fast	weak; feeble	strength; powerful	soft

快速 kuàisù rapid	加快 jiākuài to speed up	微弱 wéi ruò feeble	弱點 ruò diǎn weak oint	加強 jiā qiáng to reinforce	堅強 jiānqiáng strong	溫柔 wēnróu tender	柔和 róuhé gentle; soft
快 ' 丨 忄 忄 快		弓 弱 弱 弱 ' フ 弓 弓 弓		弘 弘 強 強 強 ' フ 弓 弘 弘 弘		柔 柔 柔 ' フ マ 予 矛 矛	
	快		弱		強		柔

輕	年	老	慢
niánqīng		lǎo	màn
young		old	slow

		老公 lǎo gōng husband	老年 lǎo nián elderly	慢跑 màn pǎo jogging	減慢 jiǎn màn slow down

輕	年	老	慢
一 一 丆 亓 亓 百 亘 車 車 輕 輕 輕 輕 輕 輕	ノ ト 仁 仨 年	一 十 土 耂 老	丶 忄 忄 忄 忄 忄 忄 忄 慢 慢

	輕	年	老	慢

平	凸	凹
píng	tú	āo
flat	convex; stick ou	a depression; concave
平地 píng dì plains　　平安 píng ān peace	凸出 tú chū to protrude	凹洞 āo dòng cavity; pit
一 二 二 平 平	｜ ｜ ｲ 凸 凸	｜ 几 几 凹 凹
平	凸	凹

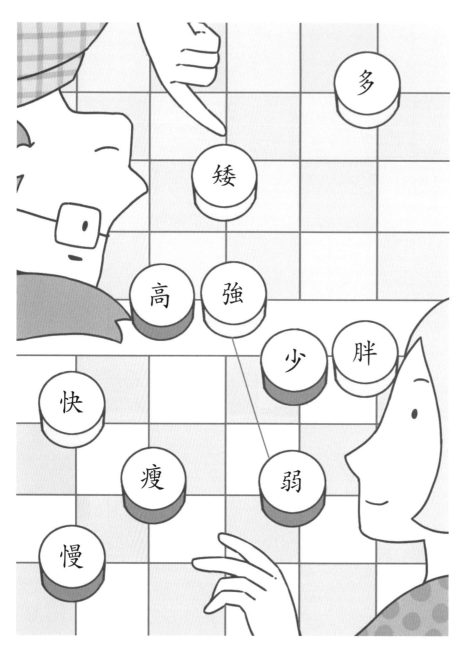

單元七

語詞反射鏡

多

矮

高　強

少　胖

快

瘦　弱

慢

橢	形	圓	單元八
tuǒ	xíng	yuán	
oval	circular		形狀

橢圓形
tuǒ yuán xíng

橢 橢 橢 橢 橢 | 杧 杧 杧 杧 杧 杧 杧 | 一 十 オ 木 木 杧 | 一 二 干 开 形 形 形 | 同 圓 圓 圓 圓 | 一 冂 冂 冂 冂 冂 冂 冂 冏

橢	形	圓

方	正	角	三
fāng	zhèng	jiǎo	sān
square		triangle	

方	正	角	三
、 一 亠 方	一 丁 下 正 正	丿 ク タ 甪 角 角 角	一 二 三

方	正	角	三

梯	扇	長
tī	shàn	cháng
trapezoid	circular sector	rectangle
梯形 tī xíng	扇形 shàn xíng	長方形 cháng fāng xíng
柞 一 栉 十 档 オ 梯 木 梯 杧	肩 一 扇 厂 扇 厂 扇 尸 尸 尸	長 一 長 厂 厂 E E E 長
梯	扇	長

		圓形
橢圓形	三角形	長方形

動詞

吃		說		曰
chī	shuì	shuō		yuē
eat	persuade	to say		to speak
吃完 chī wán finish eating	吃飯 chī fàn eat a meal	說服 shuì fú to persuade	說明 shuō míng to explain	
㇀ ㄇ ㄖ ㄖㄥ 吃		訜 言 說 言 言 訁 訁 訡	㇀ ㆍ ㇀ 言 言 言	㇀ ㄇ ㄖ 日
	吃		說	曰

拍	拿	唸	喝
pāi	ná	niàn	hē
clap	take	read aloud	to drink

拍照 pāi zhào to take a picture	拍手 pāi shǒu clap	拿東西 ná dōng xi take thing	拿手 ná shǒu good at	唸課本 niàn kè běn read textbook	唸書 niàn shū read book	喝水 hē shuǐ drink water	喝酒 hē jiǔ drink alcohol
拍 拍	一 十 才 扌 扩 拍	合 拿 拿 拿	丿 人 人 今 合 合	唸 唸 唸 唸	丶 口 口 叻 叻	喝 喝 喝 喝	丶 口 口 吲 吲

	拍		拿		唸		喝

行		寫		讀		打	
xíng	háng	xiě		dú		dǎ	
ok ; to walk	a row ; profession	to write		to read ; to study		beat	
旅行 lǚ xíng travel	行業 háng yè profession	手寫 shǒu xiě hand write	寫信 xiě xìn to write a letter	閱讀 yuè dú to read	讀書 dú shū study	打架 dǎ jià fight	打人 dǎ rén to hit a person
ノ ク 彳 彳 行 行		寫 寫 寫	宀 宀 宀 宀 寫 寫	` 宀 宀 宀	讀 讀 讀 讀	讀 讀 讀 讀 讀	言 言 言 言 言 言	` 亠 亠 言 言 言	一 十 才 打 打
		行		寫		讀		打

跳	跑	走	
tiào	pǎo	zǒu	xìng
jump	to ru	to walk	behavior
心跳 xīn tiào heart beat	跳舞 tiào wǔ to dance	賽跑 sài pǎo race (on foot)	跑步 pǎo bù to run	走開 zǒu kāi Go away!	行走 xíng zǒu walk	罪行 zuì xìng crime

跳 足 丶 　 趵 ﹀ 　 趵 口 　 趵 甲 　 趴 甲 　 跳 足	足 丶 趵 ﹀ 趵 口 趵 甲 跑 甲 跑 足	走 一 　 十 　 土 　 丰 　 丰 　 走	丿 彳 行 行 行

	跳	跑	走

玩		看		聞		聽	
wàn	wán	kàn	kān	wén		tìng	tīng
toy	to play	to see ; to look at	to look after	hear		let ; allow	listen
玩樂 wán lè to play in joy	玩具 wán jù toys	看書 kàn shū read	看守 ān shǒu guard	傳聞 chuán wén rumor	新聞 xīn wén news	打聽 dǎ tīng inquire about	聽見 tīng jiàn heard

教		學		用		洗	
jiào	jiāo	Xué		yòng		xǐ	
religion ; teaching	teach	learn ; study		to use		to wash	
教室 jiào shì classroom	教學 jiāo xué to teach ; education	學生 xué shēng student	大學 dà xué university	有用 yǒu yòng useful	用力 yòng lì to use force	洗澡 xǐ zǎo shower	洗臉 xǐ liǎn to wash face

睡		關		開		念	
shuì		guān		kāi		niàn	
to sleep		to close ; to turn off		open ; start		read ; miss	
想睡 xiǎng shuì sleepy	睡覺 shuì jiào go to bed	關心 guān xīn concerned	關門 guān mén closed doors	開始 kāi shǐ begin	打開 dǎ kāi to open ; turn on	念書 niàn shū read ; study	想念 xiǎng niàn missing

睡 盰 丨
　 盰 丨丨
　 盰 月
　 盰 月
　 盰 目
　 睡 目

關 關 門 丨
　 關 門 丨丨
　 關 門 丨丨
　 關 門 丨丨
　 關 門 丨丨
　 關 關 門

門 丨
門 丨丨
門 丨丨
門 丨丨
開 丨丨
開 門

念 丿
念 人
　 人
　 今
　 今
　 念

	睡		關		開		念

問	喊	叫	醒
wèn	hǎn	jiào	xǐng
to ask	cry ; to shout	to call	wake up

問題 wèn tí problem; question	問路 wèn lù ask for directions	喊叫 hǎn jiào cry out	呼喊 hū hǎn shout	尖叫 jiān jiào scream	叫做 jiào zuò be called ; be known as	叫醒 jiào xǐng to wake up (someone)	醒來 xǐng lái waken
門 門 問 問 問	丨 冂 冂 冃 門 門	听 听 听 喊 喊 喊	丶 冫 口 叮 叮 叮	丶 冂 口 叻 叫		醒 醒 醒 醒 酉 酉 酉 酉 酉 酉	一 厂 丏 丏 西 西

	問	喊		叫		醒

出	作	做	覺	
chū	zuò	zuò	jiào	jué
to go out	to make	to do	a sleep	feel; aware

出去 chū qù go out	出口 chū kǒu exit	工作 gōng zuò job ; work	當作 dāng zuò regard as	做夢 zuò mèng have a dream	做飯 zuò fàn to cook	睡覺 shuì jiào go to bed ; to sleep	覺得 jué de to think ; to feel

出　丨 屮 屮 出 出

作　作　ノ 亻 亻 仁 作

做　估 估 做 做 做　ノ 亻 亻 什 什 估

覺　覺 覺　學 學 學 學 學 學　′ ′

	出		作		做		覺

入
rù
to enter

收入	入口
shōu rù	rù kǒu
income	entrance

ノ 入

入

單元九

做什麼？

睡

單元十

虛詞

很	太	也
hěn	tài	yě
very	too (much) ; very	also ; too

很好 hěn hǎo very well	很大 hěn dà very big	太多 tài duō too much	太長 tài cháng too long	也不 yě bù neither ; nor	也許 yě xǔ perhaps ; maybe

很 很 很	ノ 彳 彳 彳 彳	一 ナ 大 太		㇆ 也 也	

	很		太		也

的		好		真		不	
dí	de	hào	hǎo	zhēn		bù	
really and truly	of	be fond of	good ; well	real ; true; very		not ; no	
的確 dí què really ; indeed	我的 wǒ de my ; mine	好奇 hào qí curious	好吃 hǎo chī delicious	真好 zhēn hǎo very good	真愛 zhēn ài true love	不只 bù zhǐ not only	不好 bù hǎo not good
的 的	′ ſ 白 白 白		ㄑ ㄨ ㄨ 女 好 好	直 直 真	一 十 古 古 直	一 丆 不	
	的		好		眞		不

著		之	得			
zháo	zhāo	zhī	děi	de	dé	dì
to catch fire	catch ; suffer	(literary equivalent of 的)	must	used after a verb to show effect	get ; gain	aim
著火 zháo huǒ ignite	著急 zhāo jí worry	之外 zhī wài excluding	之後 zhī hòu afterwards ; after 我得走了！ wǒ děi zǒu le I must to go!	覺得 jué de to think ; to feel	得到 dé dào to obtain	目的 mù dì purpose ; target

著 之 得

吧		了		著		
ba	bā	liǎo	le	zhuó	zhù	zhe
suggest	right? ; ...OK?	to know ; to understand	completed action marker	to wear	outstanding	to indicate action in progress
走吧 zǒu ba Let's go!	對吧 duì ba Right? ; Am I correct?	了解 liǎo jiě understand	到了 dào le has arrived	穿著 chuān zhuó attire	著名 zhù míng famous	沿著 yán zhe along
吧 ㄧ ㄇ ㄇ ㄇㄱ ㄇㄱ ㄇㄢ		ㄱ 了		芏 芏 茟 萻 著 ㄧ ㄧ ㄧㄧ ㄧㄧ ㄧㄧ ㄧㄧ		
	吧	了				著

啊　呢　嗎

à	ǎ	á	ā	ní	ne	ma
oh	interj. for surprise	to express doubt	ah	woolen material	question particle	(question tag)

	啊呀 ā yā oh			呢喃 ní nán whispering ; murmuring		

啊　呢　嗎

為		從			在	
wèi	wéi	zòng	cóng	cōng	zài	a
because of ; for	to be ; to do	subsidia-ry	from ; obey	unhurried	at ; in ; right now doing	showing affirma-tion
因為 yīn wèi because	成為 chén wéi to become	從犯 zòng fàn accessory	從不 cóng bù never	從容 cōng róng unhurried	正在 zhèng zài while (doing)	存在 cún zài to exist	啊呀 ā yā oh
為 為 為	、 ソ 当 為 為	從 徉 徉 從 從	′ 彳 彳 彳 彳		一 ナ オ 在 在	
	為		從		在	

沒		跟		和			
mò	méi	gēn		huò	huó	hè	hé
drowned	have not ; not	to follow ; to go with ; and		mix together	soft ; warm	cap (a poem) ; respond in singing	and ; with ; peace
沉沒 chén mò to sink	沒有 méi yǒu haven't ; doesn't exist	跟著 gēn zhe follow after	跟從 gēn cóng follow	和平 hépíng peace		和好 hé hǎo to become reconciled	

沒　｀
　　氵
　　氵
　　沪
　　沪

跟　𧾷　丶
　　𧾷　口
　　𧾷　口
　　𧾷　甲
　　跟　甲
　　跟　足

和　一
和　二
　　千
　　禾
　　禾
　　和

	沒		跟				和

只	而	有	是
zhǐ	ér	yǒu	shì
only ; just	and ; shows contrast	to have ; to exist	am ;is ; are ; yes

只有 zhǐ yǒu only	不只 bù zhǐ not only	而已 ér yǐ that's all	而且 ér qiě not only	有些 yǒu xiē some	所有 suǒ yǒu all	不是 bú shì not ; it is not	但是 dàn shì but
丶 冂 口 只 只		一 丆 丙 而 而		一 ナ オ 有 有		早 是 是	丶 冂 日 日 旦 早
只		而		有		是	

把	些	因	當	
bǎ	xiē	yīn	dàng	dāng
marker for direct-object; to hold; to grasp	some; several	cause ; reason	to pawn ; suitable	to be ; should

把握 bǎ wò to seize	把守 bǎ shǒu guard	有些 yǒu xiē somewhat	一些 yì xiē a few ; a little	因此 yīn cǐ therefore	因爲 yīn wèi because	恰當 qià dàng appropriate	當場 dāng chǎng right at the scene

把　一　丁　扌　扪　把　把

此　丨　卜　屮　止　此

因　丨　冂　门　因　因

當　丨　丷　屮　屵　咢　當

以	所	才	被
yǐ	suǒ	cái	bèi
according to ; by	actually ; place	ability ; talent ; only (then) ; just	by (passive-voice sentences); blanket

以後 yǐ hòu after	可以 kě yǐ can ; able to	所以 suǒ yǐ therefore	廁所 cè suǒ toilet	才能 cái néng talent	天才 tiān cái genius	棉被 mián bèi blanket	被動 bèi dòng passive

以	所	才	被

每	過		就		對	
měi	guò		jiù		duì	
each ; every	experienced action marker ; to cross ; to celebrate (a holiday)		at once ; then ; to approach ; to undertake		pair ; to be opposite ; correct (answer); right	
每次 měi cì every time	每天 měi tiān everyday	過多 guò duō excessive	錯過 cuò guò (to) miss bus, plane etc.	就業 jiù yè to get a job	成就 chén jiù achieve-ment	對面 duì miàn across	答對 dá duì answer correctly

啦	哪		喔
la	na	nǎ	ō
an auxiliary word of mood	final part. preceded by N	how ; which	I see ; oh
	哪裡 nǎ lǐ where?	哪個 něi ge which one ; who	
吩 吩 吩 啦 啦	叩 叩 哪 哪		呎 喔 喔 喔 喔
啦	哪		喔

單元十

拼音連連看

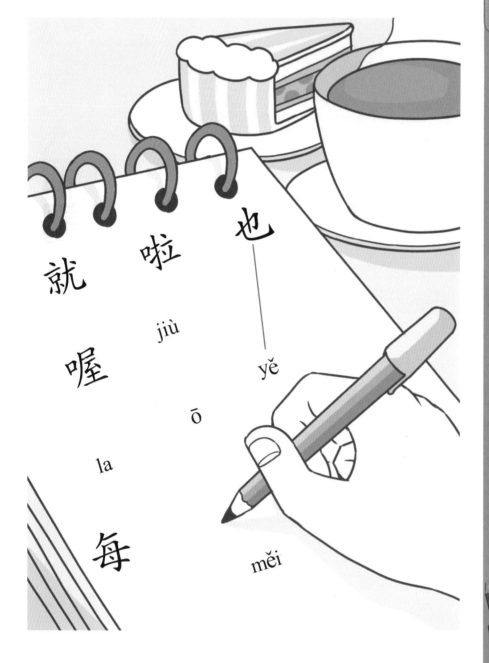

就　啦　也

jiù

yě

喔

ō

la

每

měi

家人稱謂

母		爸	父	
mǔ		bà	fù	
female ; mother		father ; dad	father	
祖母 zǔ mǔ grand- mother	母親 mǔ qīn mother (formal)	爸爸 bà ba (informal) father	祖父 zǔ fù grandfather	父親 fù qīn father
乚口母母母		爸爸 ノ八父父冬爸	ノ八分父	
母		爸	父	

弟	哥	兄	媽
dì	gē	xiōng	mā
younger brother	elder brother	elder brother	mother ; mom

弟子 dì zǐ disciple ; follower	弟弟 dì di younger brother	大哥 dà gē eldest brother	哥哥 gē ge older brother	長兄 zhǎng xiōng eldest brother	兄弟 xiōng dì brothers	媽媽 mā ma mommy ; mom

弟　哥　兄　媽

表		堂		妹		姊	
biǎo		táng		mèi			
surface ; mother side's cousin		r father side's cousin; hall ; class		younger sister		older sister	
代表 dài biǎo represent-ative	表妹 biǎo mèi younger sister cousin (mother side)	天堂 tiān táng paradise	堂妹 táng mèi younger sister cousin (father side)	妹夫 jiě fū younger sister's husband	妹妹 mèi mei younger sister	姊夫 jiě fū older sister's husband	姊妹 jiě mèi sisters

姑	姨	伯	叔
gū	yí	bó	shú
paternal aunt	aunt	father's elder brother	uncle

姑娘 gū niáng girl	姑姑 gū gu (n) paternal aunt	姨媽 yí mā maternal aunt	阿姨 ā yí auntie	大伯 dà bó brother-in-law	伯父 bó ù father's elder brother	小叔 xiǎo shū brother-in-law	叔叔 shú shu uncle

姑姑 く ㄠ 女 女一 女圤 女圤

娲姨姨 く ㄠ 女 女一 女尸

伯 ノ イ 亻 伯 伯

叔叔 丨 卜 上 才 求

	姑	姨	伯	叔

舅	
jiù	
uncle	
舅父 jiù fù maternal uncle	舅舅 jiù jiu mother's brother

舅 　臼 臼 臼 臼 舅　　ノ ノ 臼 臼 臼 臼

	舅

單元十一

你會辯別嗎？

母 姑 叔 舅
父 　 　 姨
姐 　 　 爸
伯 　 　 妹

單元十二

次要代詞

某	第	各
mǒu	dì	gè
(used before measure word and noun) some; (a) certain ; so and so	for ordering numbers	each ; every

某種 mǒu zhǒng some kind (of)	某些 mǒu xiē some; certain (things)	第五 dì wǔ fifth ; No. 5	第一 dì yī first ; No. 1	各地 gè dì in all parts of (a country)	各國 gè guó every nation
某 芇 芇 某 某	一 十 廿 廿 廿 甘	笁 笁 笁 第 第	ノ ｸ ｸｸ ｸｸｸ 笁 笁	ノ ｸ 夂 各 各	
	某		第		各

什	其		別		另	
shé	qí		bié		lìng	
what	theirs; that		another; do not		other; another	
什麼 shén me what?	其次 qí cì next ; secondly	其實 qí shí in fact	區別 qū bié difference; to distinguish	別的 bié de something else; other	另一 lìng yī another	另外 lìng wài besides ; further- more
ノ亻亻什	其其	一十丗丗甘甘其	別	丶口口尸另別		丶口口马另
什	其		別		另	

麼
me
dimi

那麼 nà me in that way; or so	多麼 duó me how (won- derful)

麼　庅　、
麼　庅　亠
　　庅　广
　　麻　广
　　麻　庁
　　麼　庁

	麼

某　別　什　麼　第

bié　mǒu　dì　shé　me

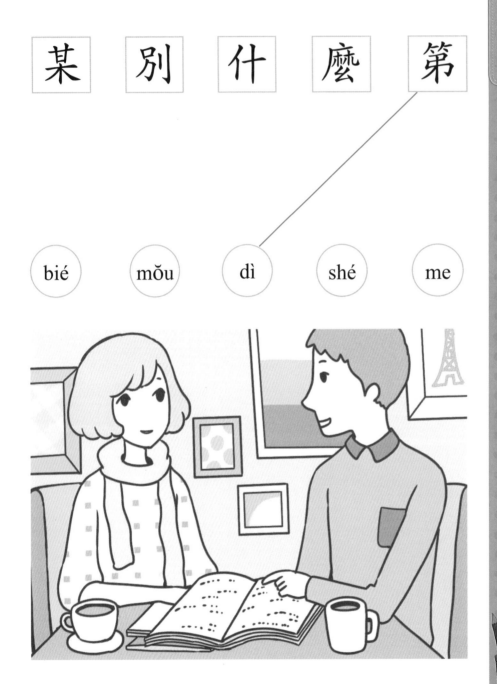

目	嘴		口	
mù	zuǐ		kǒu	
eye; section; goal	mouth		mouth	
價目 jià mù (marked) price	目標 mù biāo target	嘴唇 zuǐ chún lips	嘴巴 zuǐ bā mouth	刀口 dāo kǒu sharp side of the knife	出口 chū kǒu exit; to export
丨 冂 月 目	嘴 咄 丶 嘴 咄 口 嘴 此 口 嘴 此 口 咄 叶 咄 叶		丶 口 口	
	目	嘴		口

單元十三

身體

鼻		自		眉		眼	
bí		zì		méi		yǎn	
nose		from; oneself ; since		eyebrow		eye	
鼻孔 bí kǒng nostril	鼻子 bí zi nose	自私 zì sī selfish	自己 zì jǐ self ; own	眉頭 méi tóu brows	眉毛 méi máo eyebrow	眼淚 yǎn lèi tears	眼睛 yǎn jīng eyes

鼻 自 眉 眼

心	頭	首	耳
xīn	tóu	shǒu	ěr
heart; mind	head	head ; chief ; first (occasion)	ear

心情 xīn qíng mood	關心 guan xīn concerned	舌頭 shé tou tongue	點頭 diǎn tóu nod	首先 shǒu xiān first (of all)	首都 shǒu dū capital city	耳環 ěr huán ear ring	耳朵 ěr duo ear
丶 ㇐ 心 心		頭 豆 一 頭 豆 厂 頭 豆 厅 頭 豆 戸 頭 豆 頭 豆		首 丶 首 丷 首 丷 　 䒑 　 产 　 首		一 丆 丌 丌 耳 耳	

心		頭		首		耳	

人	腳	手
rén	jiǎo	shǒu
man; people	foot	hand

人生 rén shēng (n) life	夫人 fū rén madam	腳步 jiǎo bù footstep	腳印 jiǎo yìn footprint	手套 hǒu tào glove	拍手 pāi shǒu clap

| ノ
人 | 腳 朊 丿
朊 月
朓 月
脕 月
脕 月
脙 朊 | 一
二
三
手 |

人　腳　手

單元十三
我的身體

眉

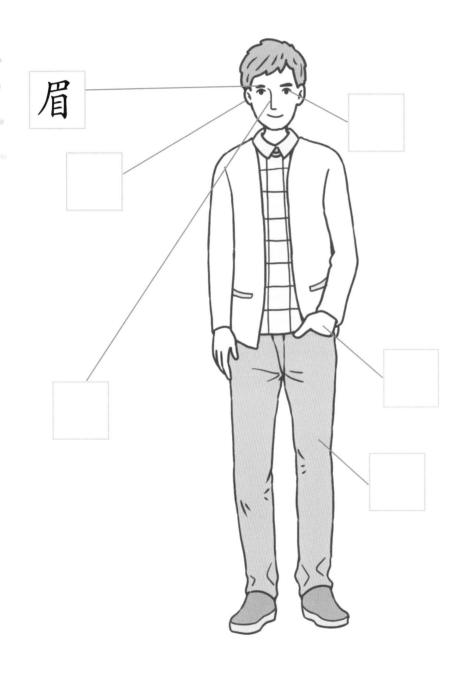

單元十四

味道

苦	甜	酸
kǔ	tián	suān
bitter; miserable; painful	sweet	sour; acid

受苦 shòu kǔ to suffer	苦瓜 kǔ guā bitter melon	甜蜜 tián mì sweet (action)	甜點 tián diǎn dessert	酸雨 suān yǔ acid rain	酸奶 suān nǎi yogurt

苦 芊 苦 苦
丶 亠 十 廿 サ 芋

甜 舌 甜 甜 甜
一 二 千 千 舌 舌

酸 酸 酸
酉 酉 酉 酉 酉
一 一 厂 厈 酉 酉

苦	甜	酸

臭	香		鹹	辣	
chòu	xiāng		xián	là	
stink; smelly	fragrant; incense; to smell good		salty	spicy	
臭味 chòu wèi bad smell	香水 xiāng shuǐ perfume	香草 xiāng cǎo vanilla	鹹海 xián hǎi Aral Sea	辣妹 là mèi sexy girls	辣椒 là jiāo chili

臭

酸

甜

苦

辣

顏色

黃	橙	紅
huáng	chéng	hóng
yellow	the color orange; orange	bonus; popular; red

蛋黃 dàn huáng egg yolk	金黃 jīn huángsè golden color	橙色 chéng sè color orange	柳橙 liǔ chéng orange (fruit)	紅豆 hóng dòu red bean	紅包 hóng bāo red envelope
苦 苦 苦 黄 黄 黄	一 十 廿 廿 廿 苦	橙 橙 橙 橙	杉 杉 杉 杉 橙	一 十 才 朾 朾	紅 紅 紅	ㄥ 纟 纟 纟 纟 纟

	黃		橙		紅

白	紫		藍		綠	
bái	zǐ		lán		lǜ	
white	purple		blue		green	
白白 bái bái in vai; for nothing	蛋白 dàn bái egg white; protein	紫外線 zǐ wài xiàn ultraviolet (ray)	紫色 zǐ sè purple	藍牙 lán yá bluetooth	藍色 lán sè blue	綠洲 lǜ zhōu oasis	綠茶 lǜ chá green tea
╱ ╱ 白 白 白	此 丨 紫 丨 紫 止 紫 止 紫 止 紫 此		藍 艹 丶 藍 艹 十 藍 艹 十 藍 艹 艹 藍 艹 艹 藍 藍 艹		綠 糸 ㄴ 綠 糸 ㄠ 糸 ㄠ 綹 ㄠ 綹 糸 綹 糸	

(Note: column layout — 綠洲 lǜ zhōu oasis, 綠茶 lǜ chá green tea)

白	紫	藍	綠

銀		金		灰		黑	
yín		jīn		huī		hēi	
silver		money; gold		gray; ash		black; dark	
銀牌 yín pái silver medal	銀行 yín háng bank	金髮 jīn fǎ blond	黃金 huáng jīn gold	灰心 huī xīn be discouraged	灰色 huī sè grey	變黑 biàn hēi darken	黑板 hēi bǎn blackboard

銀		金		灰		黑	

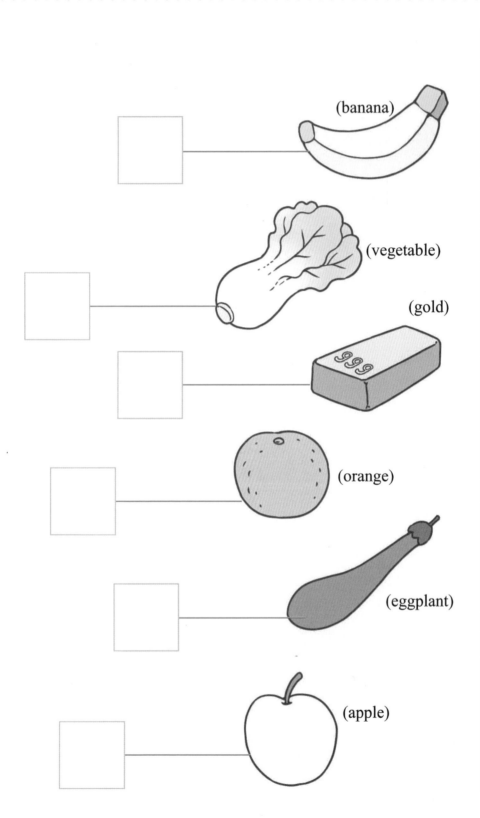

(banana)

(vegetable)

(gold)

(orange)

(eggplant)

(apple)

單元十五

還以顏色

單元十六

服飾

裝	服	衣
zhuāng	fú	yī
adornment; costume	clothes ; serve	clothes

假裝 jiǎ zhuāng pretend	服裝 fú zhuāng clothes	服務 fú wù to serve ; service	衣服 yī fú clothes	衣櫃 yī guì wardrobe	大衣 dà yī topcoat ; cloak

裝	服	衣

裙	褲	套	衫
qún	kù	tào	shān
skirt	trousers ; pants	to cover ; covering ; a set	Chinese gown (unlined)

圍裙 wéi qún apron	裙子 qún zi skirt	短褲 duǎn kù shorts	長褲 cháng kù trousers	手套 shǒu tào glove	外套 wèi tào coat	襯衫 chèn shān shirt ; blouse

裙　褲　套　衫

棉	毛	襪	鞋
mián	máo	wà	xié
cotton	hair ; fur	socks	shoe

棉被 mián bèi blaket	棉花 mián huā cotton	毛衣 máo yī sweater	毛筆 máo bǐ writing brush	襪子 wà zi socks	涼鞋 liáng xié sandal	球鞋 qiú xié athletic shoes

棉 棉 棉 棉 棉	一 十 扌 杧 杧	一 二 三 毛	襪 襪 襪 襪 襪 襪 襪	襪 襪 襪 襪 襪 襪	衤 衤 衤 衤 衤	、 ㇏ 衤 衤 衤	鞋 鞋 鞋	芏 芏 苹 苹 苹	一 十 艹 艹 艹 艹

	棉		毛		襪		鞋

鏡	眼	包	麻
yǎnjìng		bāo	má
eyeglasses		to wrap ; to include ; bag	hemp ; numb ; to bother

				包裝 bāo zhuāng package	書包 shū bāo school bag	麻煩 má fán troublesome	麻布 má bù sackcloth

鏡 鏡 鏡

鏡 鏡 鏡 鏡 鏡 鏡 鏡 鏡

ノ 人 ト ヒ 牟 牟 金

眼 眼 眼

丨 冂 月 月 目 盯 盯 盯 目

ノ 勹 勺 包

庥 庥 麻 麻 麻

、 二 广 广 斤 斤 庥

	鏡		眼		包		麻

帶		環		鍊	錶
dài		huán		liàn	biǎo
belt ; region; bring		bracelet ; loop		refine	watch
帶領 dài lǐng guide ; lead	皮帶 bí dài leather belt	環境 huán jìng envir- onment	耳環 ěr huán ear ring	項鍊 xiàng liàn necklace	手錶 shǒu biǎo watch

戒	
jiè	
warn against ; to quit	
戒菸 jiè yān to quit smoking	戒指 jiè zhǐ (finger) ring

戒　一 二 チ 开 戒 戒

	戒

服飾

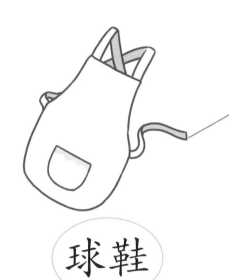

圍裙

球鞋

襪子

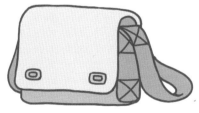

書包

棉花

虎	牛	鼠
hǔ	niú	shǔ
tiger	ox ; cow ; bull	rat ; mouse

| 白虎
bái hǔ
white tiger | 老虎
lǎo hǔ
tiger | 牛肉
niú ròu
beef | 母牛
mǔ niú
cow | 松鼠
sōng shǔ
squirrel | 老鼠
lǎo shǔ
rat ; mouse |

虎
虎
丨
卜
上
卢
卢
虎

丿
ㄴ
牛

鼠
鼠
臼
鼠
鼠
鼠
丶
白
臼
臼
臼

虎	牛	鼠

馬	蛇	龍	兔
mǎ	shé	lóng	tù
horse	snake	dragon	rabbit

馬車 mǎ chē carriage	賽馬 sài mǎ horse race	毒蛇 dú shé poisonous snake	恐龍 kǒng lóng dinosaur	龍舟 lóng zhōu dragon boat	野兔 yě tù hare	兔子 tù zi rabbit

馬 馬 馬 馬	丨 厂 厂 厂 斤 馬 馬	虫 虫 蚘 蛇 蛇	丶 丶 口 口 虫 虫	龍 龍 龍 龍	丶 立 产 产 产 产 产 产 产	兔 兔	丶 ク ク ク � 兔

	馬		蛇		龍		兔

狗	雞	猴	羊
gǒu	jī	hóu	yáng
dog	chicken	monkey	sheep

| 熱狗
rè gǒu
hot dog | 小狗
xiǎo gǒu
puppy | 火雞
hǒu jī
turkey | 雞蛋
jī dàn
egg | 猿猴
yuán hóu
apes and monkeys | 猴子
hóu zi
monkey | 綿羊
mián yáng
domestic sheep | 山羊
shān yáng
goat |

狗 ノ亻犭犭豹狗

雞 （筆順）

猴 ノ亻犭犭犸猴

羊 、ソ丷兰羊

| 狗 | 雞 | 猴 | 羊 |

鳥		貓		豬		犬	
niǎo		māo		zhū		quǎn	
bird		cat		pig		dog	
候鳥 hòu niǎo migratory bird	鳥籠 niǎo lóng birdcage	野貓 yě māo wildcat	小貓 xiǎo māo kitten	豬頭 zhū tóu pig head	豬肉 zhū ròu pork	獵犬 liè quǎn hound	警犬 jǐng quǎn police dog

熊	魚	獅	象
xióng	yú	shī	xiàng
bear	fish	lion	elephant

貓熊 māo xióng panda	棕熊 zōng xióng brown bear	釣魚 diào yú fishing	魚丸 yú wán fish ball	海獅 hǎi shī sea lion	獅子 shī zi lion	印象 yìn xiàng impression	大象 dà xiàng elephant

蟹	龜	鴨	鹿
xiè	guī	yā	lù
crab	turtle	duck	deer

蟹肉 xiè ròu crab meat	螃蟹 páng xiè crab	烏龜 wū guī turtle	海龜 hǎi guī sea turtle	烤鴨 kǎo yā roast duck	鴨子 yā zi duck	鹿角 lù jiǎo deer horn	馴鹿 xún lù reindeer

雄		蟲		蛙		鵝	
xióng		chóng		wā		é	
heroic ; male		worm ; insect		frog		goose	
英雄 yīng xióng hero	雄性 xióng xìng male	飛蟲 fēi chóng bug	昆蟲 kūn chóng insect	樹蛙 shù wā tree frog	青蛙 qīng wā frog	天鵝 tiān é swan	企鵝 qì é penguin

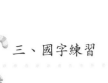

母		公		雌	
mǔ		gōng		cí	
female ; mother		public ; male		female	
母親 mǔ qīn mother	母牛 mǔ niú cow	公園 gōng yuán a public park	公牛 gōng niú bull	雌雄 cí xióng male and female	雌性 cí xìng female
ㄴ ㄩ 母 母 母		ノ 八 公 公		雌 雌 此 此 此 此 此 丨 丨 此 此 此	
母		公		雌	

單元十七

動物

馬

單元十八

植物

樹	草	花
shù	cǎo	huā
tree	grass ; rough	flower

樹林 shù lín woods ; forest	樹葉 shù yè leaves	草莓 cǎo méi strawberry	草原 cǎo yuán grassland ; prairie	花費 huā fèi expense ; cost	花朵 huā duǒ flower

植植樹樹	村村枯枯枯枯	一十才才村村	苦苦苜草	丶艹艹艹艹苜	花花	丶艹艹艹艹芢

	樹		草		花

141

果	葉	莖	根
guǒ	yè	jīng	gēn
fruit ; result	leaf	stalk ; stem	radical ; root ; basis

結果 jié guǒ outcome ; result	水果 shuǐ guǒ fruit	楓葉 fēng yè maple leaf	茶葉 chá yè tea leaves	根莖 gēn jīng rhizome	票根 piào gēn ticket stub	根本 gēn běn fundam- ental ; basic

畢
果
	丶
	冂
	曰
	日
	旦
	早
		葉	荜
			苹
			葟
			莲
			苹
			革
			`丶`
			`十`
			`卄`
			`艹`
			`兰`
			`艹`
				茎
				莁
				莖
				莖
				莖
				丶
				十
				卄
				艹
				艹
				艾
					杈
					杷
					根
					根
						一
						十
						才
						木
						杷
						杷

	果		葉		莖		根

薯		豆		子	
shǔ		dòu		zǐ	zi
potato ; yam		bean		child ; son ; seed	(noun suff.)
馬鈴薯 mǎ líng shǔ potatoes	薯條 shǔ tiáo fries	豆腐 dòu fǔ tofu	豆子 dòu zi bean ; pea	刀子 dāo zi knife	孫子 sūn zi grandchild
薯 薯 薯 薯 薯	茜 茜 茜 苣 茜 茜 茜	﹨ 十 卄 艹 艹 艹	豆 一 一 一 一 一 一	了 了 子	
	薯		豆		子

單元十八

生活觀察家

豆子

馬鈴薯

花費

刀子

薯條

水果

花朵

紙		墨		筆	
zhǐ		mò		bǐ	
paper		ink ; ink stick		pen ; pencil	
紙張 zhǐ zhāng paper	報紙 bào zhǐ newspaper	墨汁 mò zhī Chinese ink	墨水 mò shuǐ ink	筆畫 bǐ huà strokes of a Chinese character	鉛筆 qiān bǐ pencil
紒 紅 紙 紙	ㄥ ㄠ ㄠ ㄠ ㄠ ㄠ	黑 墨 墨	罒 里 里 黑 黑 黑	竺 竿 笁 筌 筆	ノ ト メ ゲ 竹 竹
	紙		墨		筆

刀	尺	擦	硯
dāo	chǐ	cā	yàn
knife	a ruler	to wipe ; to erase; to clean	ink-stone

剪刀 jiǎn dāo scissors	刀叉 dāo chā knife and fork	尺寸 chǐ cùn size	公尺 gōng chǐ meter	橡皮擦 xiàng pí cā eraser	擦掉 cā diào wipe	硯台 yàn tái inkstone
刀 刀		ㄱ ㄱ ㄹ 尺		擦擦擦擦擦 扩扩扌扌扩扩 一丁扌扌扩		矴矴矴矴硯 一丁丆石石石

| 刀 | | 尺 | | 擦 | | 硯 |

袋	盒	膠
dài	hé	jiāo
bag ; pocket	box ; case	glue ; gum

袋子 dài zi bag	口袋 kǒu dài pocket	盒子 hé zi box	塑膠 shù jiāo plastic	膠帶 jiāo dài tape

| 袋
袋
袋
袋
代 | ノ イ 仁 代 代 | 盒
盒
盒
盒
合
合 | ノ 人 人 今 合 | 膠
膠
膠 | 胛 胛 胛 胛 胛 | ノ 月 月 月 月 |

	袋		盒		膠

單元十九

上學趣

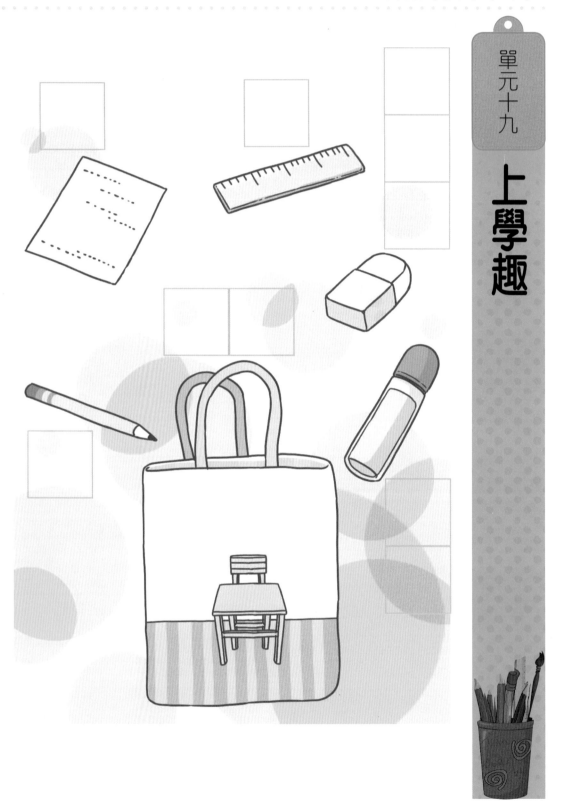

國家

非		歐		亞	
fēi		ōu		yà/yǎ	
non- ; un-		Europe		Asia ; Asian ; second	
是非 shì fēi right and wrong	非洲 fēi zhōu Africa	歐元 ōu yuán Euro	歐洲 ōu zhōu Europe ; European	亞軍 yà jūn second place	亞洲 yǎ zhōu Asia ; Asian
非 ノ ノ ナ ヺ 非 非		歐 歐 歐 / 吊 吊 吊 吊 區 區 區		亞 亞 / 一 一 一 一 亞 亞	
	非		歐		亞

149

台		臺		澳		美	
tái		tái		ào		měi	
platform ; stage		platform; desk		Australia ; deep bay		America ; beautiful	
台北 tái běi Taipei City	舞台 wǔ tái stage	下臺 xià tái resign (officials)	臺灣 tái wān Taiwan	澳門 ào mén Macao	澳洲 oà zhōu Australia	美麗 měi lì beautiful	北美洲 beiě měi zhōu North America
𠃋 厶 厶 台 台		一 十 士 吉 吉 吉 声 声 壴 壴 壴 壴 臺 臺		丶 丶 氵 氵 汸 汸 泃 泃 泃 泃 泃 泃 澳 澳 澳 澳		丶 丷 丷 兰 兰 羊 羊 美 美	
台		臺		澳		美	

俄	日	韓	中	
è	rì	hán	zhòng	zhōng
Russian	day ; sun	Korean ; Korea	hit (a target)	In between ; middle
俄文 è wén Russian (language) 俄國 è guó Russia	日本 rì běn Japan 日曆 rì lì calendar	北韓 běi hán North Korea 韓國 hán guó South Korea	擊中 jí zhòng strike	中國 zhōng guó China

俄	日	韓	中	
俄 俄 俄 ノ 亻 亻 亻 仟 仟	㇑ 冂 月 日	韓 韓 韓 韓 韓 直 卓 卓 卓 卓 一 十 十 古 古 古		丶 ㇆ 口 中

	俄	日	韓	中

英	泰	越	印
yīng	tài	yuè	yìn
English ; brave	Thai ; grand	to surpass ; more and more	print ; India

英雄 yīng xióng hero	英國 yīng guó England	泰文 tài wén Thai (language)	泰國 tài guó Thailand	超越 chāo yuè to exceed	越南 yuè nán Vietnam	印刷 yìn shuā print	印度 yìn dù India

苎英英　丶十卄艹艹苎

泰泰泰泰　一二三弄夫泰

走走赴赳越越　一十士耂耂赱

　亻厂下臣印印

英　泰　越　印

葡		西		德		法	
pú		xī		dé		fǎ	
grapes		west		Germany ; morality		law ; France (abbrev.)	
葡萄 pú táo grape	葡萄牙 pútá yá Portugal	西歐 xī ōu Western Europe	西班牙 xī bān yá Spain	美德 měi dé virtue	德國 dé guó Germany	法律 fǎ lǜ law	法國 fǎ guó France
葡 苟 苟 苔 菊 菊	丶 亠 十 艹 艹 艿	一 一 一 丙 两 西 西		德 德 德	彳 彳 彳 彳 彳 彳 彳 彳	法 法	丶 氵 氵 氵 汁 泮
	葡		西		德		法

加	美	荷		義
jiā	měi	hè	hé	yì
to add ; plus	America ; beautiful	to carry burden	lotus	justice ; meaning
加法 jiā fǎ addition / 加拿大 jiā ná dà Canada	美麗 měi lì beautiful / 美國 měi guó America ; USA	負荷 fù hè load ; burden	荷蘭 hé lán Netherlands	正義 zhèng yì justice / 義大利 yì dà lì Italy

你認識哪些？

臺灣

哀		怒		喜	
āi		nù		xǐ	
sorrow ; grief		indignant		to like ; to enjoy ;	
哀悼 āi dào to grieve	哀傷 āi shāng sad	激怒 jī nù infuriate	憤怒 fèn nù angry	喜歡 xǐ huān to like	喜劇 xǐ jù comedy
亠 亠 亨 哀	、 一 亠 亠 亨 哀	怒 怒 怒	く 夕 女 如 奴 奴	吉 吉 壴 壴 喜	一 十 士 吉 吉 吉
	哀		怒		喜

156

愛		悅		歡		樂	
ài		yuè		huān		yuè	lè
to love		pleased		pleased		music	happy
可愛 kě ài cute	愛情 ài qíng love (between man and woman)	愉悅 yú yuè joyful	喜悅 xǐ yuè happy	歡迎 huān yíng welcome	喜歡 xǐ hāun to like	音樂 yīn yuè music	快樂 kuài lè merry

愛　嚴　ヽ　　怡　ヽ　　雚　苒　ゖゖ　ヽ　　樂　絈　ヽ
　　愛　ヽ　　怡　ィ　　雚　苒　ゖゖ　ィ　　樂　絈　ィ
　　愛　ヾ　　怡　忄　　歡　萑　苩　ー　　樂　絈　白
　　愛　ヾ　　　　忄　　歡　萑　苩　ゕ　　　　絲　白
　　愛　ゕ　　　　忄　　　　萑　苩　ゕ　　　　絲
　　愛　ゕ　　　　忄　　　　萑　苩　ゕ　　　　絲

	愛		悅		歡		樂

窘	妒	羞	笑	
jiǒng	dù	xiū	xiào	
embarrassed	jealous	shy ; shame	Laugh; smile	
困窘 kùn jiǒng embarrassment	嫉妒 jí dù (v) envy	羞愧 xiū kuèi ashamed	害羞 hài xiū shy	微笑 wéi xiào smile	笑話 xiào huà joke

| 窘
窘
窘
窘
窘
窘 | 丶
丷
宀
宀
宀
宀 | 妒
ㄑ
ㄥ
女
妒
妒 | 羞
羊
养
羞
羞 | 丶
丷
䒑
䒑
羊 | 笑
笑
笑
笑 | ノ
ト
ⱃ
ⱃ
竹
竹 |

	窘		妒		羞		笑

哭	苦	驕	愧
kū	kǔ	jiāo	kuì
to cry	bitter ; miserable ; painful	proud	ashamed

痛哭 tòng kū blubber	哭泣 kū qì weep	痛苦 tòng kǔ suffering	辛苦 xīn kǔ exhausting	驕縱 jiāo zòng arrogant	驕傲 jiāo ào proud; conceited	羞愧 xiū kuèi ashamed	慚愧 cán kuèi ashamed

	哭		苦		驕		愧

驚	怕		懼		泣
jīng	pà		jù		qì
to be frightened ; surprised	to be afraid		to fear		to sob
吃驚 chī jīng to be amazed	驚訝 jīng yà confound	可怕 kě pà scary	害怕 hài pà to be scared	畏懼 wèi jù fear	恐懼 kǒng jù fear	哭泣 kū qì weep

	驚		怕		懼		泣

厭	恨	慌	恐
yàn	hèn	huāng	kǒng
loathe	to hate	panic	frightened

厭倦 yàn juàn tired of	討厭 tǎo yàn dislike	仇恨 chóu hèn hatred	怨恨 yuàn hèn hate	驚慌 jīng huāng panic	慌張 huāng zhāng (adj) flustered	恐懼 kǒng jù fear	恐怖 kǒng bù terror

厭	恨	慌	恐

傲	悲		惡	
ào	bēi		wù	è
arrogant	sad ; sorrow		to loathe	evil
驕傲 jiāo ào proud; conceited	傲慢 ào màn haughty	悲慘 bēi cǎn miserable	悲傷 bēi shāng sad	可惡 kě wù hateful	邪惡 xié è evil

傲　傲　ノ
　　傲　亻
　　傲　亻
　　傲　亻
　　傲　亻
　　傲　伫

非　ノ
非　ナ
非　非
悲　非
悲　非
悲　非

亞　一
亞　一
亞　一
惡　一
惡　亞
惡　亞

	傲		悲	惡

看圖連連看

哭

羞

笑

驚

怒

麥	飯	米
mài	fàn	mǐ
wheat ; oats	food ; meal	rice

大麥 dà mài barley	小麥 xiǎo mài wheat	吃飯 chī fàn to eat a meal	白飯 bái fàn plain cooked rice	奈米 nài mǐ nanometer	白米 bái mǐ white rice

| 夾
夾
夾
麥
麥 | 一
十
十
朩
夾
來 | 食
食
食
飠
飯
飯 | ノ
ㅅ
ㅅ
今
今
今 | 丶
丷
兰
半
米 | |

	麥		飯		米

酒	茶	菜	麵
jiǔ	chá	cài	miàn
wine	tea	dish (type of food) ; vegetables	flour ; noodles

酒吧 jiǔ bā bar ; pub	啤酒 pí jiǔ beer	奶茶 nǎi chá milk tea	紅茶 hóng chá black tea	菜單 cài dān menu	蔬菜 shū cài vegetables	麵包 miàn bāo bread	麵條 màin tiáo noodles

| 洒
洒
洒
酒 | 、
、
氵
汀
汀 | 茶
苯
茶
茶 | 、
十
土
艹
芍
芡 | 芆
艹
苹
苹
苹
菜 | 、
十
土
艹
芍 | 麵
麵 | 麥
麥
麵
麵
麵 | 夾
夾
麥
麥 | 一
十
才
才
夾
夾 |

	酒		茶		菜		麵

165

油		醬		糕	
yóu		jiàng		gāo	
oil		jam ; thick sauce		cake	
奶油 nǎi yóu butter	石油 shí yóu petroleum	醬油 jiàng yóu soy sauce	果醬 guǒ jiàng jam	糟糕 zāo gāo Oh no!	蛋糕 dàn gāo cake

油

醬

糕

三、國字練習

單元二十二

看圖連連看

白米

蛋糕

酒

蔬菜

麵包

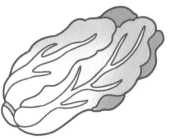

167

枝	隻	個
zhī	zhī	ge
branch	measure word for animals	measure word; individual

分枝 fēn zhī branch	一枝玫 瑰花 yì zhī méi guī huā a rose	一隻老虎 yì zhī lǎo hǔ a tiger	一個 yí ge a ; an	幾個 jǐ ge several ; how many

単元二十三

量詞

三、國字練習

所		座		條		張	
suǒ		zuò		tiáo		zhāng	
M for houses, school, hospitals, etc.		measure word for large, solid things		measure word for long, thin things		measure word for paper	
所在 suǒzài place ; location	一所學校 yì suǒ xuéxiào a school	座位 zuòwèi seat	一座山 yí zuò shān a mountain	麵條 miàntiáo noodles	一條線 yì tiáo xiàn one thread	張開 zhāngkāi stretch	一張 yìzhāng sheet
所 所	ノ 厂 厂 戶 戶 所	庨 庨 座 座	丶 亠 广 广 庐 座	攸 條 條 條 條	ノ 亻 亻 竹 竹	张 张 張 張 張	丆 弓 弓 弘 张
所		座		條		張	

169

間		件		塊		篇	
jiàn	jiān	jiàn		kuài		piān	
separate	M for rooms	a measure word for clothes		piece ; M for chunks, lumps, cake, soap etc.		piece of writing ; M for paper, book leaves, articles, etc.	
房間 fáng jiān room	一間房間 yì jiān fáng jiān a room	文件 wén jiàn document ; file	一件大衣 yí jiàn dà yī a overcoat	冰塊 bīng kuài ice cube	一塊蛋糕 yí kuài dàn gāo a piece of cake	篇目 piān mù table of contents	一篇文章 yì piān wén zhāng an article

間		件	塊		篇	
門 門 門 間 間 間	丨 冂 冂 冋 門 門	丿 亻 亻 仁 件	塊	圥 圥 圥 坦 塊 塊	一 十 土 圵 圹	篇	竹 竻 竻 篇 篇 篇

	間		件		塊		篇

架	棵	顆	根
jià	kē	kē	gēn
measure word for planes, large vehicles	M for plants	M for small spheres	radical ; M for long, thin objects

| 書架
shū jià
bookshelf | 一架飛機
yí jià fēi jī
an airplane | 一棵樹
yì kē shù
a tree | 顆粒
kē lì
granulated (sugar, chemical product) | 一顆珠子
yì kē
zhū zi
a pearl | 根本
gēn běn
fundamental | 一根火柴
yì gēn
huǒ chái
a match |

架	棵	顆	根

台	家	堂	節
tái	jiā	táng	jié
platform ; M for certain machinery, apparatus, instruments, etc.	home ; family ; M for stores and schools	M for classes	festival M for section, length
舞台 wǔ tái stage / 一台電腦 yì tái diàn nǎo a computer	家人 jiā rén household / 一家店 yì jiā diàn a shop	講堂 jiǎng táng lecture hall / 一堂課 yì táng kè a class	章節 zhāng jié chapter ; section / 一節課 yì jié kè a class
ㄥ ㄥ ㄙ ㄙ 台 台	冢 家 家 家 丶 ハ 宀 宀 宁 宁	尚 尚 堂 堂 堂 ˈ ˈ ˈ ˈ ˈ	節 竺 竺 筘 節 節 ˊ ˄ ˄ ˈ ˈ
台	家	堂	節

把	部	場	棟
bǎ	bù	chǎng	dòng
M for sth. with a handle	M for works of literature, films, machines, etc.	M for recreational or sports activities	M for buildings

把手 bǎ shǒu handle	一把刀 yì bǎ dāo a knife	全部 quán bù whole	一部汽車 yí bù qì chē a car	場地 chǎng dì space ; place	一場電影 yì chǎng diàn yǐng a film show	棟樑 dòng liáng ridgepole	一棟樓房 yí dòng lóu fáng a building
把		部		場		棟	

把	部	場	棟

雙	對	副	串
shuāng	duì	fù	chuàn
double ; pair of somethings	couple ; pair; right	M for a set of sth. ; M for facial expression	M for a string of things

雙胞胎 shuāng bāo tāi twins	一雙鞋 yì shuāng xié a pair of shoes	對方 duì fāng opposite side	一對情侶 yí duì qíng lǚ a couple	副業 fù yè sideline occupation	一副手套 yí fù shǒu tào a pair of gloves	串聯 chuàn lián link up	一串葡萄 yí chuàn pútáo a cluster of grapes

雙 對 副 串

輛	位	元	套
liàng	wèi	yuán	tào
measure word for vehicles	M for persons ; seat	dollar	M for books, furniture, etc.

車輛 chē liàng vehicle	一輛車 yí liàng chē a car	座位 zuò wèi seat	一位 yí wèi a person	美元 měi yuán American dollar	單元 dān yuán unit	手套 shǒu tào glove	一套書 yí tào shū a set of books
輛 輛 輛	車 車 車 軒 軒 軒	一 一 一 一 一 一	位	ノ ィ イ ゲ 个 位	一 二 テ 元		套 套 套	一 ナ 大 本 本 本
輛		位		元		套	

單元二十三

算算看

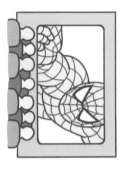

—— 蛋糕

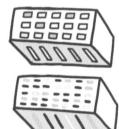

—— 電影

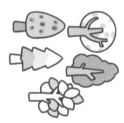

—— 樓房

老虎 —— 一隻老虎

—— 樹

對	謝		請	
duì	xiè		qǐng	
sorry ; apologize	to thank		please (do sth) ; to treat (a meal)	
	道謝 dào xiè to express thanks	謝謝 xiè xie thanks	請假 qǐng jià ask for day off	請看 qǐng kàn please see ...
业 业 业 业 對 對 / リ リ リ 业 业 业 业	詢 詢 謝 謝 謝	言 言 訃 訃 訃 訃	言 言 言 訃 訃	請 請 請	言 言 言 請 請 請	、 一 亠 言 言 言 言
	對	謝		請	

單元二十四 禮貌用詞

177

好	你	起	不
nǐ hǎo		bùqǐ	
hello, hi		sorry ; apologize	

你
ノイイ仜你你

好
く女女好好好

起
一十土キキ走起
起起

不
一アT不

	好		你		起		不

不	氣	客	不
bù	bù kè qì		
it doesn't matter	you're welcome		
一 丁 不	氣氣 ノ ト ケ 气 气 气 氛 氣	客 、 ハ 宀 宀 夈 穷 客 客	一 丁 不
不	氣	客	不

係	關	沒	會
méi guān xi			huì
it doesn't matter			it doesn't matter

係 ノ イ 亻 伋 伋 係 係	關 門 門 門 門 關 關 關 關 關 關 關	、 冫 氵 汃 沒 沒	會 ノ 人 人 今 今 命 命 命 會 會 會

	係		關		沒		會

重	保	煩	麻
bǎo zhòng		má fán	
to take care of oneself		troublesome	

重 一二千千千盲重重

保 ノイイ竹竹但仔保

煩 丶丶丬丬灯灯炉炉烦烦

麻 丶亠广广庐庐庐麻廂廂麻

	重	保	煩	麻

歉	抱	見	再
bào qiàn		zài jiàn	
sorry		goodbye	

歉：`兼 兼 兼 兼 兼 歉 歉 歉` / `、 丷 丷 当 当 当 兼`

抱：`一 十 扌 扌 扚 扚 抱`

見：`丨 冂 冂 月 目 貝 見`

再：`一 厂 冂 丙 再 再`

	歉		抱		見		再

好	不	託	拜
bù hǎo		bài tuō	
to feel embarrassed		to ask a favor	

ㄑ ㄨ ㄩ 女 好 好	一 ㄅ 不	訁 託 `` ㆑ 言 言 言 言 言	拜 ㇐ ㇐ 三 手 手 手 手 手
好	不	託	拜

意	思

yì sī

to feel embarrassed

、一十立立音音音 音意意意	思 丨口曰曰田田思思

意		思	

有禮貌

單元二十五 交通工具

騎		開		車	
qí		kāi		chē	
to ride		open ; start		car	
騎士 qí shì rider	騎車 qí chē ride a scooter	開車 kāi chē to drive a car	公開 gōng kāi to publicize	汽車 qì chē automobile	火車 huǒ chē train
騎 馬 丨 騎 馬 厂 騎 馬 厈 騎 馬 匡 騎 馬 馬 騎 馬 馬		門 丨 門 冂 門 冃 門 門 開 門 開 門		車 一 一 冂 盲 亘 車	
	騎		開		車

飛	乘	坐	搭
fēi	chéng	zuò	dā
to fly	multiply ; to ride	to take (a bus, airplane etc.)	take (boat, train)

飛行 fēi xíng flying	飛機 fēi jī airplane	乘法 chéng fǎ multi-plication	乘客 chéng kè passenger	乘坐 chéng zuò ride (in a vehicle)	坐下 huò xià sit down	搭配 dā pèi put into pairs	搭乘 dā chéng embark

捷	機	飛	降	
jié	fēijī		xiáng	jiàng
MRT ; subway	airplane		surrender	to descend
捗 捗 捷 一 十 扌 扩 捗 捗 捗	樕 樕 樕 樕 機 機 機 機 一 十 才 杶 杧 杧 杧 楂	飛 乀 乀 飞 飞 乃 飛 飛 飛	投降 tóu xiáng surrender	降落 jiàng luò to descend ; to land
			隆 隆 降 ` 了 阝 阝 阽 阽 降	
捷	機	飛	降	

運

yùn

MRT ; subway

, ⌐ ⌐ ⌐ ⌐ 冒 冒 宣

軍 軍 軍 運 運 運

運

看圖連連看

騎士

飛機

捷運

火車

汽車

Note

國家圖書館出版品預行編目資料

漢字300〔習字本(一)〕／楊琇惠作. -- 二
版. -- 臺北市：五南圖書出版股份有限公
司，2023.09
面；　公分
ISBN 978-626-366-496-8(平裝)

1.漢字

802.2　　　　　　　　　　112013502

1X4X 華語系列

漢字300
習字本(一)

作　　　者 — 楊琇惠（317.4）

編輯助理 — 葉雨婷　李安琪

發 行 人 — 楊榮川

總 經 理 — 楊士清

總 編 輯 — 楊秀麗

副總編輯 — 黃惠娟

責任編輯 — 陳巧慈

封面設計 — 姚孝慈

出 版 者 — 五南圖書出版股份有限公司

地　　　址：106台北市大安區和平東路二段339號4樓

電　　　話：(02)2705-5066　　傳　　真：(02)2706-6100

網　　　址：https://www.wunan.com.tw

電子郵件：wunan@wunan.com.tw

劃撥帳號：01068953

戶　　　名：五南圖書出版股份有限公司

法律顧問　林勝安律師

出版日期　2015年4月初版一刷
　　　　　　2021年8月初版四刷
　　　　　　2023年9月二版一刷

定　　　價　新臺幣320元

※版權所有・欲利用本書內容，必須徵求本公司同意※

經典永恆·名著常在

五十週年的獻禮——經典名著文庫

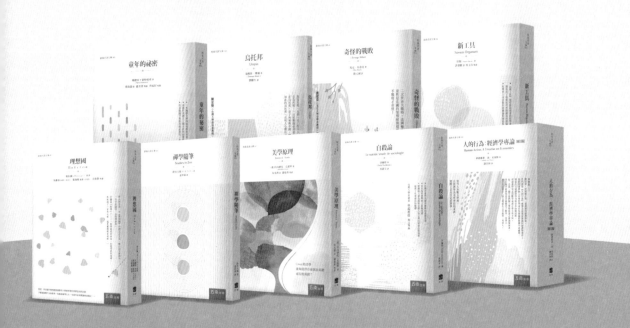

五南，五十年了，半個世紀，人生旅程的一大半，走過來了。

思索著，邁向百年的未來歷程，能為知識界、文化學術界作些什麼？

在速食文化的生態下，有什麼值得讓人雋永品味的？

歷代經典·當今名著，經過時間的洗禮，千錘百鍊，流傳至今，光芒耀人；

不僅使我們能領悟前人的智慧，同時也增深加廣我們思考的深度與視野。

我們決心投入巨資，有計畫的系統梳選，成立「經典名著文庫」，

希望收入古今中外思想性的、充滿睿智與獨見的經典、名著。

這是一項理想性的、永續性的巨大出版工程。

不在意讀者的眾寡，只考慮它的學術價值，力求完整展現先哲思想的軌跡；

為知識界開啟一片智慧之窗，營造一座百花綻放的世界文明公園，

任君遨遊、取菁吸蜜、嘉惠學子！

WU-NAN 五南

全新官方臉書

五南讀書趣

WUNAN Books since1966

Facebook 按讚

1 秒變文青

★ 專業實用有趣
★ 搶先書籍開箱
★ 獨家優惠好康

不定期舉辦抽獎
贈書活動喔！！！

五南讀書趣 Wunan Books